D1755576

WOELIG STOF

# Jean Pierre Rawie

## WOELIG STOF

1998  Uitgeverij Bert Bakker  Amsterdam

*Voor Jelto & Lia*

I

IDYLLE

Het regende toen ik de trein betrad
die mij zo vaak uit steeds dezelfde steden
door steeds eenzelfde regen had gereden
naar steeds dezelfde noordelijke stad.

Vermoeid uit mijn gedachten weggegleden
had ik een vaag soort halve slaap gevat:
mijn niet meer te traceren levenspad
verloor zich in een anoniem verleden.

Toen naderde de trein de brug, en uit
een halve droom schoot ik ten halve wakker;
wat laatste druppels waaiden van de ruit.

Ik zag: de IJssel stroomt nog naar de zee.
Gods licht beschijnt Gods water en Gods akker.
In groene uiterwaarden graast het vee.

INZICHT

Ik ben zo afgemat onder de last
van wat ik vruchteloos heb liefgehad,
dat ik voortdurend struikel op mijn pad
en allengs dieper in het duister tast.

Herinneringen bieden geen houvast;
ik raakte steeds meer kwijt dan ik bezat.
Wat er van mij geworden is en wat
ik ooit beoogde is in schril contrast.

Vertrouwd geraakt met laagheid en bedrog
vind ik wat onaanvaardbaar leek gewoon;
ik weet dat stof tot stof keert, as tot as.

Wat grijpt het mij nog aan, terwijl ik toch
allang doorgrondde dat het leven zo'n
intens lamlendige vertoning was?

DEADLINE

Ik ondervond het sterven aan den lijve,
in dagelijkse omgang met de dood;
ik leef nog; en ik kan er idioot
genoeg niets dieps of zinnigs over schrijven.

De meeste grote woorden zijn te groot
voor zoiets doodgewoons: in leven blijven.
Maar toch, ik kan de liefde nog bedrijven
en bijna alles doen 'wat God verbood'.

Zo is het dus, jezelf te overleven;
ik kijk naar buiten door dezelfde ruit,

ik schrijf zoals ik altijd heb geschreven,
ik denk, voel, wind mij op en maak geluid,

maar ik besef: door stervenden omgeven
schuif ik alleen mijn deadline voor mij uit.

HERSTEL


Toen ik na de vertwijfeling en koorts
en lijfelijk onduldbare ellende,
geleidelijk weer aan de wereld wende,
kreeg elk geluid opnieuw iets ongehoords.

In woorden die ik al van kindsbeen kende
herkende ik de ware zin des woords;
haast ieder 'en' verborg een 'enzovoorts',
in den beginne nam het woord geen ende.

Maar ik genas, en deze roes verdween:
geluiden werden weer gewoon geluiden,
en in wat er gezegd wordt om mij heen

heerst als vanouds dezelfde flauwekul.
Men moet het mij maar niet ten kwade duiden
dat ik mij meer en meer in zwijgen hul.

ZANDLOPER

Ik keer het tijdglas telkenmale om,
alsof ik wat ik weet nog wil bewijzen;
ik lijk het *hoe* te zien, maar het *waarom*
maakt dat de haren mij te berge rijzen.

Want of ik al dan niet op deze wijze
een weinig nader tot het raadsel kom,
de liefste lokken heb ik zien vergrijzen,
en ook de mooiste monden worden stom.

In alles zit de kanker van de tijd;
in diepste zin is iedere ervaring
naast dit ontstellende voldongen feit

verachtelijk en niet terzake doend.
Ik ben nieuwsgierig naar de openbaring
die mij met deze aanfluiting verzoent.

BEGRAAFPLAATS

De mannetjes die hier wat werken
doen alles maar op hun gemak,
ze harken de paden en perken
en scheren de sierheesters strak.

Ze weten van elk van de zerken
het nummer, de rij en het vak;
ze zouden het zeker bemerken
wanneer er een dode ontbrak.

Dat zal ook wel nooit meer gebeuren.
De mannetjes kennen hun plicht,
het hek met de ijzeren deuren
gaat tegen de schemering dicht.

Waarover de treurwilgen treuren,
wie, wie die er wakker van ligt?

ZENDELING


Ik heb hem niet gekend, maar zijn portret
stond bij mijn grootmoeder (een strenge dame
waar wij ongaarne op visite kwamen)
in zilver ingelijst op het buffet.

En zo, verstard tot een momentopname:
heilsofficier met snor, maar zonder pet,
is hij in mijn geheugen bijgezet.
Ik ben zijn kleinzoon en ik draag zijn namen.

Hij is voor mijn geboorte overleden;
dat ik op hem zou lijken werd beweerd
door tantes die aan zielsverhuizing deden.

Waarschijnlijk ging er ergens iets verkeerd.
Wel heb ik nog de wandelstok waarmede
hij naar verluidt half Java heeft bekeerd.

INTENSIVE CARE

Volgens de dokters wordt zij weer gezond,
en rond haar sponde waken apparaten
die pompen, bloeddruk meten, aderlaten,
van alles doen waarvan ik niets doorgrond.

Een dikke slang die ademt door haar mond
maakt dat wij geen van tweeën kunnen praten,
maar zij heeft alles alweer in de gaten
en kijkt met kleine oogjes in het rond.

Ik kan slechts met mijn hand wat clandestien
over een blote arm en schouder strijken,
en ben nog nooit zo dol op haar geweest.

Maar toch, als voor mijn boze oog bevreesd,
durf ik niet naar de monitor te kijken
waarop mijn moeders hartslag is te zien.

NACHTLOKAAL

Ik zit verscholen onder mijns gelijken
in een onguur en morsig nachtlokaal.
In deze uitgewoonde buitenwijken
lijkt alles eens zo duister en fataal.

Je kunt niet door de gore ramen kijken,
maar buiten klotst eentonig het kanaal
en gaat de wind. Ik voel de tijd verstrijken,
terwijl ik luister hoe ik ademhaal.

Men houdt zich hier afzijdig van zijn buren.
Ik zie in de gezichten om mij heen
geen teken van verwantschap; in de ure
die allen wacht hebben wij niets gemeen.

Ik hoor een scheepswand langs de kade schuren.
Ik zoek mijn jas en tel mijn geld bijeen.

VONNIS

Nooit zonder ongenode bijgedachten
zie ik de schedel achter elk gezicht,
en in elk lief dat slapend naast mij ligt
gedenk ik andere doorwaakte nachten.

De tijd die alles vroeg of laat ontwricht
heeft niets doen worden zoals ik verwachtte;
ik blijk ten slotte tot niet meer bij machte
dan soms een in zichzelf gekeerd gedicht.

Geliefde, berg mijn sterfelijk gelaat
tegen je borst; al wat ons in het leven,
zo schamel als het is, ter harte gaat,

en al waar wij maar enigszins om geven,
(ik had het je niet willen zeggen) staat
in dit gedicht ten dode opgeschreven.

WAAR IK GA

Voordat ik in mijzelf begin te praten,
en in de lege nacht ad nauseam
herhaal wat ik vergeefs te jouwen bate
en tegen beter weten ondernam,

en hoe ik wat je niet te stade kwam
mijns ondanks achterwege heb gelaten,
ga ik naar buiten toe, en laat mijn gram
de vrije loop in uitgestorven straten.

Maar waar ik ga (het wordt al langzaam licht,
de eerste vogels zijn alweer te horen),
waar ik ook ga, waar ik mijn schreden richt,

volgt mij dezelfde tegenstrijdigheid:
ik heb je onherroepelijk verloren,
en raak je aan de straatstenen niet kwijt.

ADIEU

Ook deze liefde deed ik uitgeleide,
en weer was het: Adieu, mijn hart; aanstonds
is het gedaan met jou, met mij, met ons,
en schuiven tijd en ruimte tussenbeide.

Ach, hoeveel treinen heb ik weg zien rijden
van andere, van eendere stations?
Ik draai mij om en mompel binnensmonds
wat wij elkaar ook deze keer niet zeiden.

Zelfs voor wie weinig heeft geleerd te hopen
neemt de illusie gaandeweg de wijk.
Weer liggen stad en wereld voor mij open;

maar liefste, ik zie enkel, wáar ik kijk,
in elke winkelruit een vreemde lopen
op wie ik sinds je weggegaan bent lijk.

ADVENT

In deze laatste week van de advent
zou het moeten gaan sneeuwen: ieder jaar
zijn het dezelfde dingen waar je naar
verlangt. Dus sneeuwt het niet; maar alles went.

Je steekt de kaarsen aan op het dressoir,
en denkt aan alle doden die je kent.
Terwijl je wacht op een gemist moment
schuiven de dagen naadloos in elkaar.

Je poogt je tegen beter weten in
iets te herinneren wat er niet was,
omdat wat weg is diepte heeft en zin.

Je draait muziek, drinkt thee, je leest een boek
dat je ook lang geleden al eens las.
Maar alles is onachterhaalbaar zoek.

DECEMBER


Het oude jaar is in zijn laatste dagen
en enkel het alleenzijn doet je goed;
bij alles wat er werkelijk toe doet
kun je allang geen ander meer verdragen.

Al is er elk jaar meer dat je gemoed
met spijt en schuldgevoelens komt belagen,
je kijkt gelaten naar de regenvlagen
waarin ook deze herfst is uitgewoed.

Wat wacht je nog: een vluchtige vriendin,
een boek, — maar alles volgt dezelfde lijnen
en ieder einde lijkt op het begin.

De avond valt, straks sluit je de gordijnen
en keert tot je ontgoochelingen in,
die weldra met je mee zullen verdwijnen.

HET VERS

Een godsgeschenk, maar die genade heeft
je in steeds groter eenzaamheid gestoten.
Wie noem je werkelijk je tijdgenoten
van de miljoenen tussen wie je leeft?

Een inzicht waar je nooit naar hebt gestreefd
heeft je het bitterste geheim ontsloten,
en alles krijgt pas glans en ware grootte
door de betekenis die jij het geeft.

Ieder gedicht komt uit het duister voort
en wordt uit twijfel en gemis geboren.
Maar ook al zie je door een spiegel: ooit

komt een aeonenlang verborgen woord
volmaakt en stralend uit de nacht naar voren,
en wordt het vers dat alles zegt voltooid.

II

UITERSTEN


Wat ik in deze bijna veertig jaren
in alles wat ik deed en onderging
aan onverzoenlijkheden mocht ervaren,
geeft mij geen grond meer voor verwondering.

Verdriet was nooit te scheiden van extase,
in liefde school verbittering en rouw.
Het zal mij straks niet wezenlijk verbazen
wanneer tegen het einde blijken zou,

dat wat elkaar in alles heeft bestreden
ten slotte met elkander samenviel,
de onrust van mijn sterfelijke leden,
de hang van mijn onsterfelijke ziel.

SPINRAG

Je had iets aan de heg staan te verschikken;
ik haalde de herfstdraden uit je haar,
en wist: dit is één van die ogenblikken
die ik in mijn herinnering bewaar,
tegen de tijd.
        Maar straks, als wij al weg
zijn en geen weet meer van ons tweeën hebben,
straks rukt wellicht in deze zelfde heg
de wind nog aan dezelfde spinnewebben.

VERTREK


Ik weet niet wat ik heb gezaaid,
maar wat ik oogst zijn dorre blaren,
door najaarswind uit alle jaren
tegen mijn raam gewaaid.

Ik rakel in de sintels om
van wat ik roekeloos verbrandde,
en hoor de wind, en hoe de wanden
werken van ouderdom.

De nacht bevriest achter de ruit,
de winter is aan het beginnen.
Maar ach, de spiegels zien naar binnen,
en alles wijst mij uit.

KWATRIJNEN


De winters, zeg je, lijken elk jaar kouder.
Zo is het niet: wij worden merkbaar ouder.
Ik huiver, kind, omdat ik nog zo houd
van je al grijzend hoofd tegen mijn schouder.


\*

Het ijzelt, en de struiken zijn van glas.
Wij lopen samen door het witte gras.
Er zijn van die momenten dat ik wilde
dat alles nu maar bleef zoals het was.


\*

Wij zijn — vergrijsd en het gelaat doorgroefd —
niet dikwijls meer ten dode toe bedroefd,
alleen van tijd tot tijd een beetje treurig,
omdat het allemaal niet meer zo hoeft.

NA JAREN

In net zo'n troosteloze tent
en aan eenzelfde toog gezeten; —
het zou een wonder mogen heten
dat je er überhaupt nog bent.

Een even norse kastelein
vult onwelwillend onze glazen,
en het lijkt niemand te verbazen
dat wij nog steeds in leven zijn.

Bij trage winteravondval
draait men de schaarse lampen lager.
De ramen zijn met damp beslagen.
De aarde vaart door het heelal.

Dit kwam er dus van ons terecht
na al die hunkerende jaren.
Ik zie je praten en gebaren,
en hoor geen woord van wat je zegt.

Wij hebben al zo lang niets meer
over de wereld te vertellen.
Wij zijn voorbij. De spiegels stellen
zich reeds tegen ons beeld teweer.

GEHEIM

Met wie je mij ook hebt bedrogen
en welk verraad ik ook beging,
waardoor ik je in aller ogen
tot vijand werd en vreemdeling:

alles heeft altijd in het teken
van één verbintenis gestaan,
die niets ter wereld kon verbreken.
Wij gingen, waar wij zijn gegaan,

ons leven lang gescheiden wegen,
opdat geen mens ooit weten zou
wat wij verbeten en verzwegen
aan onvergetelijke trouw.

INSCHRIFT

Ooit worden wie het leven
niet zonder en niet met
elkander konden leven
getweeën bijgezet.

De tijd voegt ons te zamen
onder dezelfde steen,
en strengelt onze namen
tot één symbool dooreen.

Wat er in al die jaren
ook tussenbeide kwam,
wij vormen met elkaar een
onscheidbaar monogram.

CREDO

Ik heb je terugkeer uit de tijd
met zoveel ongeduld verbeid,
met zoveel stelligheid bezworen,
dat als er voor dit rijk gemis
in wat ik schrijf geen plaats meer is
ook ik niet voortkan als tevoren.

Wanneer ik ons van het geloof
dat mij in leven houdt beroof,
kan niets je aan de dood ontwringen:
je bent een handvol woelig stof,
een schep bedorven aarde, — of
je bent de zin van alle dingen.

Alleen wat soms in een gedicht
bestaat aan wankel evenwicht
kan het behoud zijn van ons beiden,
kan maken dat van woord tot woord
ik jou, jij mij nog toebehoort,
tot onze parallellen snijden.

RITUEEL


Ik houd het kleine ritueel in ere,
opdat je elk moment terug kunt keren.

Iedere dag, wanneer het avond wordt,
maak ik de tafel klaar: een extra bord,

bestek, je eigen stoel, een kaars, een glas,
alsof je enkel opgehouden was.

Ik hoor (hoe kon ik denken dat hetgene
waardoor ik ben, voor altijd was verdwenen?),

ik hoor, alsof de woning nog bestond,
het grind, de klink, het aanslaan van de hond,

en je komt binnen op het ogenblik
dat ik de lamp ontsteek, de bloemen schik.

Ik hoop alleen dat ik dan rustig blijf
en haast niet opziend van mijn stil bedrijf

de woorden vind, als was het vanzelfsprekend:
Schuif aan; tast toe: er is op je gerekend.

OOIT

Het is niet meer in dagen of in weken
dat ik de spanne die ons scheidt,
dat ik de eeuw dat ik je kwijt ben reken;
wie meet de leegte aan de tijd?
En wie weet of de tijd die is verstreken
niet telkenmale weer verglijdt?

Wie weet keert ook de tijd die is vergleden
eens tegen elke rede om
en worden lijnen die elkaar nooit sneden
alsnog als door een wonder krom,
zodat ik je in een volmaakt verleden
opnieuw in leven tegenkom.

Ontneem mij nimmer dit subliem vertrouwen
waar ieder aards begrip voor zwicht,
dat steeds mijn levenslijn nog met de jouwe
in één fataal verlengde ligt
en wij elkaar ooit weer zullen aanschouwen
van aangezicht tot aangezicht.

DE STERREN




's Nachts zijn alle steden
    verblindend verlicht,
en heb je beneden
    op boven geen zicht.

De hemellichamen
    die daar met elkaar
ons noodlot beramen,
    je neemt ze niet waar.

Maar tienduizendtallen
    voltooien hun baan,
en duizenden vallen,
    ontstaan en vergaan.

In wat er daar grillig
    ontbrandt en verschiet,
volmaakt onverschillig
    of iemand het ziet,

in al dat geflonker
    heeft één ster gestraald
die nog in het donker
    mijn leven bepaalt.

Ik weet dat ze schijnen,
    hoog boven mijn hoofd,
en ook dat de mijne
    allang is gedoofd.

BEZIT

Waar ik mijn hart aan heb verpand
in mijn verspild verleden,
het ging voorbij, het hield geen stand,
het is als zand vergleden.

Ik heb mij steeds het meest gehecht
aan sterfelijke zaken,
aan dingen die ik nimmer echt
tot mijn bezit kon maken.

Maar alles wat zo dierbaar was
dat ik het heb verloren,
is mij sinds ik het kwijt ben pas
voorgoed gaan toebehoren.

ROOK

Wij zitten en roken en praten alsof
dit leven niet ons maar een ander betrof,

alsof wat de wereld zo vreselijk maakt,
de dood en de liefde, ons beiden niet raakt.

De rook vult de kamer, het regent gestaag,
en morgen en gisteren zijn als vandaag.

Wij zitten en roken en zeggen niet veel,
wij hebben geen deel aan het grote geheel,

wij hebben geen weet van het reddeloos leed
dat eindeloos omgaat op deze planeet.

Wij zien langs het venster de tijd die verglijdt.
Men is ons daar buiten al eeuwenlang kwijt.

III

*Quando os olhos emprego no passado,*
*de quanto passei me acho arrependido;*
*vejo que tudo foi tempo perdido,*
*que todo emprego foi mal empregado.*

*Sempre no mais danoso mais cuidado,*
*tudo o que mais cumpria, mal cumprido,*
*de desenganos menos advertido*
*fui, quando de esperanças mais frustrado.*

*Os castelos que erguia o pensamento,*
*no ponto que mais altos os erguia,*
*por esse chão os via em um momento.*

*Que erradas contas faz a fantesia,*
*pois tudo pára em morte, em vento;*
*triste o que espera! triste o que confia!*

                    Luís Vaz de Camoens
                    (1524 – 1580)

Wanneer ik terugblik over mijn verleden,
blijkt dat mij niets gebleven is dan spijt;
ik zie nu dat ik de verloren tijd
met wat ik deed maar jammerlijk besteedde.

Steeds bezig met verkeerde bezigheden,
tot wat mij schaadde meer en meer bereid,
geraakte ik, door valse hoop misleid
en steeds ontgoocheld, in het ongerede.

Soms leek het even of ze stevig stonden,
de luchtkastelen door mijn geest gebouwd,
maar geen hield langer stand dan een seconde.

Al wat de droom berekend had, is fout,
want alles gaat in dood, in wind te gronde;
wee die iets hoopt, of ergens op vertrouwt!

*¿Qué tengo yo, que mi amistad procuras?*
*¿Qué interés se te sigue, Jesús mío,*
*que a mi puerta cubierto de rocío*
*pasas las noches del invierno escuras?*

*¡Oh quánto fueron mis entrañas duras*
*pues no te abrí! ¡Qué extraño desvarío,*
*si de mi ingratitud el hielo frío*
*secó las llagas de tus plantas puras!*

*¡Cuántas veces el Angel me decía:*
*'Alma, asómate agora a la ventana,*
*verás con cuánto amor llamar porfía!'*

*¡Y cuántas, Hermosura soberana,*
*'Mañana le abriremos', respondía,*
*para lo mismo responder mañana!*

    Lope de Vega
    (1562 – 1635)

Wat heb ik, dat Gij naar mijn vriendschap haakt?
Wat is er U, mijn Jezus, aan gelegen,
dat Gij daar voor mijn deur in kou en regen
al deze donkre winternachten waakt?

Ach hoe verhard was mijn gemoed geraakt,
dat ik niet opendeed! Langs welke wegen
heeft ijs, door míjn ondankbaarheid verkregen,
de wonden van Uw voeten drooggemaakt!

Hoe dikwijls zei mijn Engel niet: 'Ziel, kijk,
zie zelf vanuit het raam hoe liefderijk
Hij je gedurig over poogt te halen!'

En ik gaf, Allerschoonste, telkenmale
met 'Morgen doen we open' hem gelijk,
om morgen weer hetzelfde te herhalen!

## JUANA LA LAVANDERA

*Celebró de Amarilis la hermosura*
*Virgilio en su bucólica divina,*
*Propercio de su Cintia, y de Corina*
*Ovidio en oro, en rosa, en nieve pura;*

*Catulo de su Lesbia la escultura*
*a la inmortalidad pórfido inclina;*
*Petrarca por el mundo, peregrina,*
*constituyó de Laura la figura;*

*yo, pues Amor me manda que presuma*
*de la humilde prisión de tus cabellos,*
*poeta montañés, con ruda pluma,*

*Juana, celebraré tus ojos bellos:*
*que vale más de tu jabón la espuma,*
*que todas ellas, y que todos ellos.*

Lope de Vega

DE WASVROUW JANNIE


Vergilius mocht met zijn herdersdicht
de schone Amaryllis roem bereiden,
en Cynthia en Corinna stralen beiden
dank zij hun dichters in een hemels licht.

Voor Lesbia heeft Catullus opgericht
een monument tot aan het eind der tijden,
en sinds Petrarca het alom verbreidde
kent heel de wereld Laura's aangezicht.

En ik, die in je haar gevangen ben
(hoe zou ik Amors dwangbevel negeren?),
een boerse dichter, met een grove pen,

zal, Jannie, steeds je mooie ogen eren,
waar ik jouw zeepsop meer belang toeken
dan al die dames, en dan al die heren.

*Si quiere Amor que siga sus antojos
y a sus hierros de nuevo rinda el cuello,
que por ídolo adore un rostro bello
y que vistan su templo mis despojos;*

*la flaca luz renueve de mis ojos,
restituya a mi frente su cabello,
a mis labios la rosa y primer vello,
que ya pendiente y yerto es dos manojos.*

*Y entonces — como sierpe renovada —
a la puerta de Filis inclemente
resisteré a la lluvia y a los vientos.*

*Mas si no ha de volver la edad pasada,
y todo con la edad es diferente,
¿por qué no lo han de ser mis pensamientos?*

                Lupercio Leonardo de Argensola
                (1559 – 1613)

Als het dan toch moet zijn dat ik weer zwicht
voor liefdes schrikbewind en wrede grillen,
en mij opnieuw geheel vergooi ter wille
van dit of dat aanbiddelijk gezicht;

hernieuw het flauwe licht dan in mijn ogen,
maak dan mijn schedel als vanouds behaard,
en laat mijn kaak niet met zo'n grauwe baard,
maar weer met blos en dons zijn overtogen.

Dán zal ik — als de slang vernieuwd — weer keer
op keer, terwijl ik weer en wind trotseer,
onder haar venster vruchteloos staan smachten.

Maar waar de tijd zonder respijt verstrijkt,
en alles met de tijd veranderd blijkt,
waarom in godsnaam dan niet mijn gedachten?

*Yo os quiero confesar, Don Juan, primero,*
*que aquel blanco y color de doña Elvira*
*no tiene de ella más, si bien se mira,*
*de el haberle costado su dinero.*

*Pero tras eso confesaros quiero,*
*que es tanta la beldad de su mentira,*
*que en vano a competir con ella aspira*
*belleza igual de rostro verdadero.*

*Mas, ¿qué mucho que yo perdido ande*
*por un engaño tal, pues que sabemos*
*que nos engaña así Naturaleza?*

*Porque ese cielo azul que todos vemos,*
*ni es cielo ni es azul. ¡Lástima grande*
*que no sea verdad tanta belleza!*

Bartolomé Leonardo de Argensola
(1561 – 1634)

Ik dien, Don Juan, beslist voorop te stellen,
dat alle kleur waarmee Elvira prijkt,
niets eigens heeft, als je het goed bekijkt,
dan wat ze ervoor neer heeft moeten tellen.

Doch daarna dient terstond met klem betoogd,
dat zo'n gelogen schoonheid als de hare
zich door geen waar gezicht laat evenaren,
wat er ook in die richting wordt gepoogd.

En als ik mij door zulk subtiel bedrog
het hoofd op hol laat brengen, wat dan nog?
Word je soms niet door de Natuur bedrogen?

Want ook de blauwe luchten die je ziet,
zijn lucht, noch blauw. — Dat al die schoonheid niet
dan leugens blijkt: het zou niet moeten mogen!

*Ni siquiera un renglón ayer he escrito,*
*que es para mí fortuna nunca vista:*
*hice por la mañana la conquista*
*de una graciosa ninfa a quien visito;*

*entre amigos comí con apetito,*
*fuí luego en un concierto violinista,*
*y me aplaudieron como buen versista*
*en cierto conciliábulo erudito.*

*Divertíme en un baile, volví en coche,*
*y el día se pasó como un instante.*
*¡Qué diversión tan varia, tan completa!*

*¡Qué vida tan feliz!... Pero esta noche*
*me quitó el sueño... ¿Quién? Un consonante.*
*¡Oh desgraciada vida de un poeta!*

                Tomás de Iriarte
                (1750 – 1791)

Geen regel heb ik gisteren geschreven,
iets wat me nog niet eerder overkwam:
maar 's morgens heeft een langbegeerde vlam
zich eindelijk gewonnen moeten geven;

daarna heb ik met vrienden goed gegeten,
en voorts bezocht ik een vioolconcert,
terwijl mijn werk alom geprezen werd
door ingewijden die het kunnen weten.

Gedanst, gezwierd, een koets naar huis genomen;
de hele dag vergleed als één seconde,
doch zelden was een dag zo welbesteed!

Maar 's nachts lag ik te woelen op mijn sponde,
omdat het juiste rijmwoord niet wou komen...
Je hebt toch ook geen leven als poëet!

IN MORTE DI NICEA

*I due spietati arcier morte ed amore*
*con sí mal spesi lor strali pungenti*
*fanno i miei giorni miseri e dolenti,*
*fanno il mio duol d'ogn'altro duol maggiore.*

*Ah che gli altri infelici il lor dolore*
*ponno esalar con publici lamenti,*
*a me conviene che asconda i miei tormenti*
*e il grave affanno mio chiuda nel core.*

*Potessi il marmo almen veder che tiene*
*nascoste in sen le belle amate spoglie*
*et ivi disfogar l'aspre mie pene; —*

*ma conforto non v'è per le mie doglie:*
*Il destin che m'ha tolto ogni mio bene*
*il poter lamentarmi anco mi toglie.*

Ciro di Pers
(1599 – 1663)

OP DE DOOD VAN NICEA


Wreed troffen mij uit laffe hinderlagen
de pijlen van de liefde en de dood;
maar ook al is mijn leed onmeetbaar groot,
in stomme smart slijt ik mijn levensdagen.

Waar elke ongelukkige zijn nood
luidkeels en tegen iedereen kan klagen,
moet ik in het verborgene verdragen
wat mij tot in mijn diepste ziel verdroot.

En als ik dan tenminste aan het graf
waarin haar lieve leden zijn gelegd
mijn tranen vrijelijk kon laten stromen; —

maar zelfs die ene troost wordt mij ontzegd:
Al wat ik liefhad heeft het lot genomen,
en ook de klacht neemt mij het lot nog af.

## OROLOGIO DA POLVERE

*Polve cadente in regolato metro*
*mi va partendo in ore il giorno e l'anno,*
*ma né pur una, oimè, scarsa d'affanno*
*dal mio duro destin già mai n'impetro.*

*La cuna addita l'un, l'altro il feretro*
*di que' duo vetri che congiunti stanno;*
*e dritto è ben che segni il nostro danno*
*e la polve inquieta e 'l fragil vetro.*

*Con l'acqua i Greci opra simil formaro,*
*che per quelle stillava anguste porte;*
*ma nella polve al fin l'acqua mutaro.*

*E tal si volge ancor la nostra sorte:*
*poi ch'è de l'uomo in questo mondo amaro*
*pianto la vita e cenere la morte.*

Ciro di Pers

ZANDLOPER

Het stof valt in gestage regelmaat
en toont hoe jaar en dag per uur verglijden,
maar ach, er is geen stonde zonder lijden
die zich het wrede lot ontwringen laat.

Die twee verbonden glazen geven aan
hoe elke wieg verwant is aan de grafzerk;
met recht dat woelig stof en breekbaar glaswerk
het eind voorzeggen van ons triest bestaan.

De Grieken maten eerst de tijd met water
dat langzaam door de nauwe doorgang droop,
maar hebben vocht door stof vervangen later;

en daarmee is alweer ons lot gegeven:
want enkel tranen is de levensloop
en na de dood blijkt enkel as gebleven.

*Благословляю всё, что было,*
*Я лучшей доли не искал.*
*О, сердце, сколько ты любило!*
*О, разум, сколько ты пылал!*

*Пускай и счастие и муки*
*Свой горький положили след,*
*Но в страстной буре, в долгой скуке —*
*Я не утратил прежний свет.*

*И ты, кого терзал я новым,*
*Прости меня. Нам быть — вдвоем.*
*Всё то, чего не скажешь словом,*
*Узнал я в облике твоем.*

*Глядят внимательные очи,*
*И сердце бьет, волнуясь, в грудь,*
*В холодном мраке снежной ночи*
*Свой верный продолжая путь.*

        Aleksandr Blok
        (1880 – 1921)

Al wat geweest is heeft mijn zegen,
ik had geen beter deel verwacht.
Ach, hoeveel heb ik liefgekregen!
Met hoeveel hartstocht nagedacht!

Geluk en droefheid trokken beide
door alles heen hun bitter spoor,
maar liefdesstorm noch wanhoop leidde
ertoe dat ik het licht verloor.

En jij, die ik ook nu weer kwelde,
vergeef. — Wij horen bij elkaar.
Wat wij elkander nooit vertelden
werd ik in je gelaat gewaar.

De ogen zijn vervuld van aandacht,
en het onrustige gemoed
vervolgt door sneeuw en koude nanacht
de weg die het vervolgen moet.

*Прошли года, но ты — всё та же:*
*Строга, прекрасна и ясна;*
*Лишь волосы немного глаже,*
*И в них сверкает седина.*

*А я — склонен над грудой книжной,*
*Высокий, сгорбленный старик,*
*С одною думой непостижной*
*Смотрю на твой спокойный лик.*

*Да. Нас года не изменили.*
*Живем и дышим, как тогда,*
*И, вспоминая, сохранили*
*Те баснословные года...*

*Их светлый пепел — в длинной урне.*
*Наш светлый дух — в лазурной мгле.*
*И всё чудесней, всё лазурней —*
*Дышать прошедшим на земле.*

            Aleksandr Blok

Jij bleef gelijk, door al die jaren:
streng, schoon en stralend als voorheen;
een beetje gladder slechts je haren,
en soms glanst er wat grijs doorheen.

Maar ik werd oud, en zit gebogen
over het boek dat voor me ligt;
met het onvatbare voor ogen
zie ik de rust van je gezicht.

Wij leven voort, zoals we deden.
De tijd heeft ons niet aangetast;
het fabelachtige verleden,
wij hielden het, gedenkend, vast.

De as bleef in de urn behouden.
Een blauwe mist omvangt de geest.
Steeds wonderbaarlijker, steeds blauwer,
herleven wij wat is geweest.

INHOUD

I

Idylle  9
Inzicht  10
Deadline  11
Herstel  12
Zandloper  13
Begraafplaats  14
Zendeling  15
Intensive care  16
Nachtlokaal  17
Vonnis  18
Waar ik ga  19
Adieu  20
Advent  21
December  22
Het vers  23


II

Uitersten  27
Spinrag  28
Vertrek  29
Kwatrijnen  30
Na jaren  31
Geheim  32
Inschrift  33
Credo  34
Ritueel  35
Ooit  36

De sterren  *37*
Bezit  *38*
Rook  *39*

## III

Luís Vaz de Camoens  *43*
Lope de Vega  *45*
Lupercio Leonardo de Argensola  *49*
Bartolomé Leonardo de Argensola  *51*
Tomás de Iriarte  *53*
Ciro di Pers  *55*
Aleksandr Blok  *59*

COLOFON

*Woelige stof* van Jean Pierre Rawie werd in 1989 in opdracht van Uitgeverij Bert Bakker gezet en gedrukt door drukkerij Groenevelt te Landgraaf en gebonden door De Ruiter te Zwolle.
De boekverzorging was in handen van Jan Willem Stas.

Eerste druk 1989
Zesde druk 1998

© 1989 Jean Pierre Rawie
Foto omslag Hans Vermeulen
ISBN 90 351 0819 1

Uitgeverij Bert Bakker is een onderdeel
van Uitgeverij Prometheus